Do m'iníon ionúin, Iseult – mo ghrá go deo thú — Nuala x

Do mo chuid deartháireacha agus deirfiúracha ar fad - Donough

Foilsithe den chéad uair ag Futa Fata, An Spidéal, Co. na Gaillimhe, Éire
An chéad chló © 2011 Futa Fata

An téacs © 2011 Nuala Nic Con Iomaire
Maisiú © 2011 Donough O'Malley

Tá Futa Fata buíoch d'Fhoras na Gaeilge (Clár na Leabhar) faoin tacaíocht airgid.

Faigheann Futa Fata tacaíocht ón gComhairle Ealaíon dá chlár foilsitheoireachta do pháistí.

Foras na Gaeilge

ISBN: 978-1-906907-28-0

An Coileach Codlatach

scríofa ag

Nuala Nic Con Iomaire

maisithe ag

Donough O'Malley

Uair amháin bhí feirm ann agus
bhí go leor ainmhithe ar an bhfeirm sin.

Bhí ba agus caoirigh ann, capaill
agus asail, muca, géanna agus lachain,
turcaithe agus cearca, madra agus cat.

Bhí siad ar fad ag brath ar an gcoileach, Cáilín, le hiad a dhúiseacht ar maidin. Coileach cineálta ba ea Cáilín. Bhí sé an-mhór leis na hainmhithe ar fad ar an bhfeirm. Ach bhí laige amháin ag baint leis. Laige uafásach do choileach!

Ní raibh Cáilín in ann éirí ar maidin!

Lá amháin ar chodail Cáilín amach é,
bhí go leor leor jabanna nár dearnadh
in am ar an bhfeirm. Níor blíodh na ba.
Níor bailíodh na huibheacha.
Níor tugadh bia do na hainmhithe
in am ach an oiread.

Ní chreidfeá an náire a bhí ar Cháilín!

Bhí madra caorach ar an bhfeirm freisin. B'in é Grágán an Gadhar. Ba bhreá le Grágán éirí go moch ar maidin. Uair nó dhó, nuair a thug sé faoi deara go raibh an coileach fós ina chodladh, dhúisigh Grágán an fheirm lena chuid tafainn.

"Maith thú!" arsa an feirmeoir. "Murach thusa,
a Ghrágáin, bheimis ar fad fós inár gcodladh.
Níl a fhios agam céard is ceart dom a dhéanamh leis
an gcoileach leisciúil sin. Níl maitheas ar bith leis!"
Is beag nach raibh na deora le Cáilín bocht.

"Ach níl mé leisciúil!" ar seisean le Grágán ar ball. "Níl ann ach go mbím RÓ-THUIRSEACH!" "Uaireanta, bím ag tabhairt aire do na huain nó ag léamh scéalta do na sicíní beaga nó ag comhrá leis na géanna. Ar maidin, bím maraithe amach!" "Anocht," arsa Grágán, "bí i do luí breá luath. Beidh tú i do shuí ar maidin le fáinne geal an lae agus beidh an feirmeoir an-sásta leat!"

An oíche sin, chuaigh Cáilín a luí go deas luath. Ach níor tháinig codladh ar bith air. Chuala sé uan ag méileach. "Tá súil agam go bhfuil feighlí deas ag na huainíní anocht," a deir sé leis féin. Ansin chuala sé "síp síp" ó na sicíní. "Tá súil agam go mbeidh na sicíní in ann codladh nuair nár leigh mé scéal dóibh," a deir Cáilín. Bhí an coileach bocht chomh buartha faoina chairde beaga ar fad gur....

…chodail sé amach é ar maidin!
An oíche dar gcionn, bhain Cáilín triail as péire
cluasán cosanta a chur air féin, ionas nach
gcloisfeadh sé na huain ag méileach ná
"síp síp" na sicíní.

Ach bhí sé fós ag déanamh
buartha agus ar maidin, ní
"COC A DÚDAL DÚ!"
a dhúisigh ainmhithe na feirme ach
"BHUF BHUF BHUF!".

An oíche sin, bhain sé triail as dallóg a chur os cionn a dhá shúil. Ach níor chuir sé sin a chodladh ach oiread é. "Tá mo dhóthain agam den choileach codlatach sin," a dúirt an feirmeoir ar maidin. "Amárach, beidh Cáilín ag teacht chuig an margadh liomsa! Díolfaidh mé é agus beidh deireadh leis an tseafóid seo ar fad!"

Nuair a chuala Cáilín an droch-scéala, bhí sé an-trína chéile. "Cá bhfios cé a cheannódh ag an margadh mé?" a dúirt sé leis féin. "Cá bhfios céard a tharlódh dom? Níl agam anois ach an t-aon rogha amháin!"

An oíche sin, nuair a bhí scéal léite ag
Cáilín do na sicíní agus "oíche mhaith"
ráite aige leis na huainíní, phacáil an
coileach bocht a mhála. Bhreathnaigh sé
thart ar chlós na feirme, áit a raibh na
hainmhithe ar fad ina gcodladh. "Slán
agaibh a chairde," a deir sé os íseal.

Bhí sé díreach ag siúl amach an geata nuair a chonaic sé rud éigin. Rud éigin scanrúil.....

Céard a bhí ann ach **SIONNACH!**

Bhí an bithiúnach ag déanamh caol díreach ar chró na ngéanna!

Bhí croí Cháilín ina bhéal!

"Íosfaidh an sionnach mo chairde!" a deir sé leis féin.
Tharraing Cáilín anáil mhór. D'oscail sé a ghob agus
in ard a chinn is a ghutha d'fhógair sé...

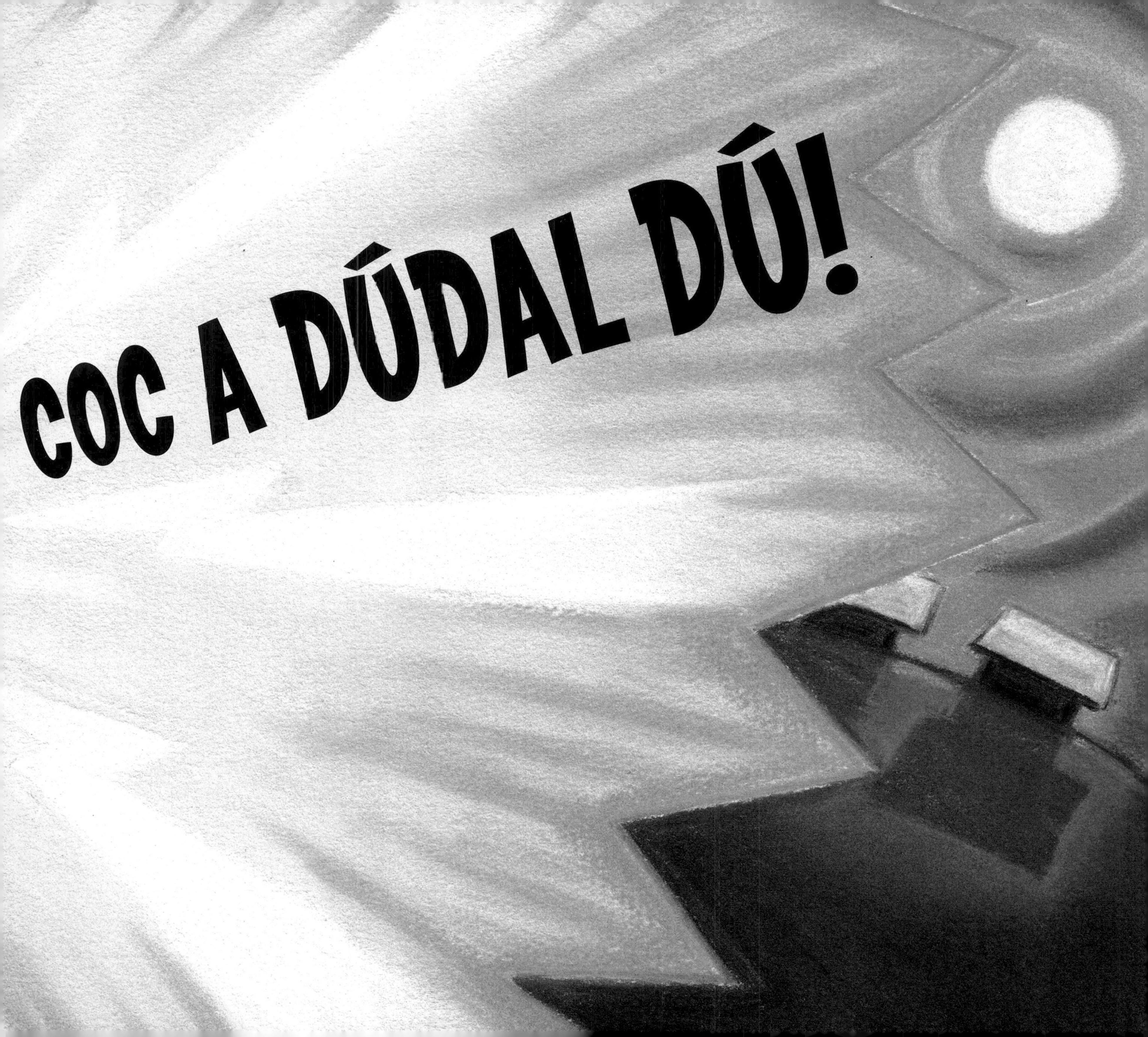
COC A DÚDAL DÚ!

Amach ar an tsráid le Grágán
agus é ag tafann go tréan. Scanraigh an sionnach.
Chas sé timpeall agus rith sé – amach an geata,
síos an bóthar agus suas thar an gcnoc,
i bhfad i bhfad i gcéin.

"Maith thú a Ghrágáin!" arsa na hainmhithe ar fad. "Murach thú, bhí deireadh linn!"

"Ach ní mise a dhúisigh nuair a tháinig an sionnach," arsa Grágán "ach.....

"…..AN COILEACH CRAICEÁILTE SIN!" a bhéic an feirmeoir. "Cá bhfuil sé? Agus cá bhfuil an madra atá ceaptha aire a thabhairt dúinn ar fad?" Anois is ar Ghrágán a bhí an náire.

"Ní fhéadfaimid leanacht ar aghaidh mar seo lá amháin eile!" arsa an feirmeoir. "Coileach nach bhfuil in ann éirí ar maidin agus madra faire nach bhfuil in ann éirí i lár na hóiche! Níl agam anois ach an t-aon rogha amháin!"

Agus rogha an-chliste a bhí ann! Mar
ón lá sin amach is é Grágán agus a
"BHUF BHUF BHUF!" a dhúisíodh
ainmhithe na feirme ar maidin.

Bhíodh cead ag Cáilín fanacht ina
chodladh ar feadh na maidine.

Nuair a thagadh an oíche, léadh an
coileach cneasta scéal do na sicíní,
thugadh sé aire do na huainíní
agus thugadh sé cuairt ar
na géanna.

Ansin, d'fhanadh sé ina shuí, ag
faire amach. Bhí sé réidh
i gcónaí leis an
bhfeirm ar fad a
dhúiseacht le....